昨日之蛹

傅詩予 著

目次

序詩：詩繭

夜裡　我闖入一座叢林
藤蔓處處　處處藤蔓
我和我的詩句困在沼澤
需要我的讀者來營救

我的詩句困在沼澤裡
它啜泣的時候　眼池浮出一座雕像
那是身後百年才被出土的詩人
她說她生前只發表幾首詩
她說有趣的是遊戲本身
不要在乎那些聲量和重量
詩裡的天方夜譚會繞過死亡

我把我的詩句撒在湖裡
順流而下　它會流向大海嗎
我的詩句　化做炊煙
裊裊追向彩霞　變成顏色的混聲合唱
你喜歡嗎？
詩句細雨般敲打你爬滿蔦蘿的城牆
你會開窗看我嗎？

當這個世界急著曝曬胴體
急著用罩杯大小來界定美醜
你還會喜歡詩嗎？

雪溶了　我的詩句溶進土壤
變成種子　與紫丁香一起鑽出泥土
蜜蜂過來把我們的體香一起帶走

我的詩句隨風遨遊
撒滿林間　你還會來捕捉它嗎？
我把我的詩句下葬立碑
你會來追悼嗎？

我闖入一座叢林
詩句成網　網內有繭
繭裡我和我的詩句正在突破
需要意象與聲韻昂首破胎
才能闖出這一座叢林

——本詩選自拙著《與你散步落花林中》頁二二二，
二〇一一年三月秀威釀出版。

自白

我說我是孤獨的
　千真萬確
　曠遠的道上　只有我一人

我說我並不孤獨
　這並不欺騙
　遙遠道上　有美麗的星子閃耀

想歸璞自然
老實說　自由是我的嚮往
我亦懼恐怖的孤獨
只孤獨的對岸漂流著永恆的光羽

想打撈　打撈一水的真珠
一水的善辰　美憶——
於是　我認識了我的命運

一九七七年五月十七日作於新竹
二〇一一年六月三十日發表於國語日報少年文藝版

夜未眠

你醒著嗎　披衣坐起
讓我們用眼睛照亮彼此
闔上眼　聽風聲對你耳語
讓我唱著你最愛的歌兒——
「造飛機　造飛機　來到青草地」

隨風翱翔吧　釋出你的心靈給夜
隨夜悠遊吧　釋出你的心靈給風
在風中　你赤足踩著的草坪
柔軟如襁褓時裹著的毛毯
夜裡　我們的心跳與蟋蟀唧唧共鳴

隨我哼曲吧　向星月招手
隨星月漫步吧　張開雙臂——
「飛上去　飛上去　飛到白雲裡」
在雲端　我們撒著棉花糖變魔術
銀河裡　舉著燈的小星星都愛做夢

你睡了嗎　像安靜的鬧鈴
這微笑的唇　是不是夢來親你？

二〇〇七年五月十九日作於多倫多北約克
二〇一〇年三月五日發表於馬祖日報鄉土文學版

茶葉情

那是一捲青澀的等待
烘托出茶花的微笑
寧為白花背景
配樂一生守候

花落之後
以葉葉多汁的嫩頰陪葬
葬在採茶女無心的纖指間
任日光曝曬　任苦情水蒸散
還要攪拌發酵
直至筋脈盡斷　才要殺菁

揉捻出來的香氣遇滾水沸騰
溫潤著千古不眠的過客
像記起什麼又像忘了什麼的
飲了又飲

終不識　喉間哽著的
是一生說不出的愛
愛在日出日落間　如霧
欲散還聚

二〇〇八年七月十六日作
二〇〇八年十一月三十日發表於馬祖日報鄉土文學版

光

紫藍色夜幕裡電車緩緩駛著
如微微地震　撩起草原微微的噓息
打開與夜對白的窗
夜冷冷鬱鬱唱著流放的歌

晚雲飄著藍絲帶
飄過皺褶太多的心坎
我如何能忘記那未曾擁有過的月圓
愛情曾經期期艾艾走過

二十一點五十六分車過小教堂
小教堂點著溫暖的窗　伸出手慰我：

孩子　如果旅程裡失去方向
我已為你燃盞燈
在即將漏盡的時空裡
我的風琴是暗夜的小精靈
在你黑白不定的心鍵上
跳彈著脆亮的音
每一個紫藍色夢境都將棲息著
奶黃色月亮與晶亮的星

二〇〇八年八月三日作
二〇〇八年九月十八日發表於中華日報副刊

風起的時候

記憶如風
風起的時候
時間碎片
繽紛如落葉
潮濕著昨夜思緒

玫瑰在園圃裡
急著說再見
還沒醒來的蝙蝠
猶啣著那一封
尚未落款的情書

021　風起的時候

窗外信鴿等不及
走了
那年賦別
忘了相約
風起的時候
等待
若簷前蛛網
被風撕破

二〇〇八年十月二十一日作
二〇〇九年二月二十六日發表於更生日報副刊

外遇本色

你在夜裡迂迴遁形
空氣瀰滿罌粟氣味
想像愛情將研磨成粉
文明公式一筆勾銷
吸食之間　你撞入霧的懷裡

愛情總是背著臉出入於時間夾縫
你小心擦拭心情
避免留下指紋
卻因路過的眼神
開始憂心忡忡

慾望裸著　藏身於武裝後的日常舉止
躲過鎂光燈斜睨　浸淫於超速快感
你獨處於心靈甬道　任毒癮節節蔓生
當繩索將咽喉越勒越緊
你屢屢答錯一些三角習題

於是你試圖藏匿昨日月色
卻在婚戒的餘光裡看見垂老的自己
正憂傷孤獨地縫補全家福巨照
你慌忙扣住手機鈴聲
仍在發霉的鴛鴦枕邊　找不到夢的入徑

夜夜　你數著壁鐘的心跳
試圖晾乾陰影
夜夜踮著腳尖

為每個最後一次的登陸
完美挺進

二〇〇九年四月二十五日作
二〇一一年三月三十一日發表於世界日報副刊

最後通牒

我已封住所有縫隙
你的眉　你的氣息
你眸底的光
再也無法進來

一直等候你的哨音
依舊是輪孤獨的明月
窗前靜靜而蒼白
依舊是空泛的信箱
冷冷的咬住顫抖的手

於是
我的軌道開始偏離

二〇〇九年五月五日作
二〇一一年十二月發表於創世紀詩刊一六九期

別來無恙

天依舊藍　也許藍過少年的天
光害未曾發生　步伐如期
唯心如止水　月圓月缺不動情緒
偶爾聽雨聽林　也只是日常休止符
不會痛哭流涕了　忘記是為了放空

你還好嗎？掘夢的手如何了？
即使皺紋更密　執意塗鴉人生？
此刻風雲如故　花葉生滅如常
唯烏髮已白　緩緩掉落

在你發黃的信箋上
眉批往事

二〇〇九年五月十五日作
二〇一一年十二月發表於創世紀詩刊一六九期

致Michael Jackson

觀眾哭喊著與你一起月球漫步
每一個細胞狂叫著你的名字
舞台上你每一關節踢動都甩出血淚
音符躍動轉彎與你形成一體
音符膨脹擊鼓　擊它日月山河
僅一擊　擊出原始的情慾藏在衣櫥裡
人們攬鏡試裝唱出夢裡的祕密
你是鏡中人穿鏡而來
解開人們心的枷鎖就是這樣

你眼睛發亮　黑暗中狼哮
搖擺踏步　淘氣如五歲過動兒

跳跳跳　讓觀眾的靈魂跳上舞台
真真假假　場內場外驚叫連連
你畫出的彩虹不只七道顏色
它們互相輝映　調配出無以為繼的風景
光華所在　街隅人們都自轉成機器人
「我就是無法停止愛你」　人們哼著

危險極境　你挑戰人體的聖母峰
無視嚴寒險峻　越爬越高時　你害怕了嗎
從五歲到五十一歲　你並不孤零
藥物　漂白　重塑鼻樑　戀童傳聞與婚姻拔河
你在媒體的金魚缸裡痛苦裸奔
億萬張專輯如密密魚群將你推出海面
你搖滾世界　世界也搖滾你
你震撼舞台　舞台也震撼你

那一天來臨時　你捧著血淋淋的心臟
向上帝要求再一次機會
上帝心疼的說：「Dear Michael，你該休息了
回到童年的樂園，我陪你一起瘋轉摩天輪
啊！真是毛骨悚然！超恐怖！太恐怖了！」

二〇〇九年十一月十日作
二〇一一年三月一日發表於創世紀詩刊一六六期

不存在的戀人

一張路過的臉擦過玻璃窗
她正專心吸吮柳丁汁
這是她第一百次相親了
他用半小時介紹完他的前半生
她恍恍惚惚的回望他
她說她一直在尋找一張路過的臉

那張路過的臉埋在她的羞澀中
性急而震顫的在她的五官間踱蹀
她想那張路過的臉該會像稻草人一樣
守候青黃不接的秧苗
愛情卻如夏夜飄忽的螢火蟲

比夕陽更迅速地隕歿幽深的湖底
從此她一直渴切地尋找另一個出口

一張路過的臉擦過他的臉
他說他的愛情存款不夠支付她的浪漫
他只想生兒育女安家立業
他的臉瞬間譁然變形
這以後她不斷逃離故事現場
變成那張路過的臉

二〇〇九年十一月十二日作
二〇一一年三月一日發表於創世紀詩刊一六六期

染髮液

瞞著時間　將鬢髮染黑
瞞著目光　讓年華還原於一罐藥水
瞞著自己　讓芒花枯白的草原再綠
微暈的燈光下　讓青春之鳥飆舞
鏡中人是我　怔怔地等待
那讓灰眸再度亮起的　次次春回的思慕

然而就像少年的稚傻
以為新燙的卷髮和一身黑色套裝
可以養大未入世的容顏
三十分鐘過後一綹逃脫的白髮

鏡中冽齒冷笑
那照過少年　又照過中年的月色呵
竟也讓染髮液一筆一筆的抹黑
只剩下一張空白的黑布
隱約浮現著薄紙雕的皮影兒
怔怔地等待沖印亮相的時刻

不如招認一切吧
原來都是這染髮液胡扯的謊言
將黑的說成白的　將白的說成黑的
甚至還有點黑白不分的
讓那次次春去的悵惘　也歇斯底里地
活
　跳
跳

起來

二〇〇九年十二月十六日作；二〇一〇年十二月九日修訂
二〇一一年八月二十日發表於中華日報副刊

抽屜裡的風景

樹影搖曳出一串數字
急忙速記象形

天空如鏡
一群麻雀題出上聯
慌張泊車心算下聯

什麼時候愛上代數
面對塗鴉牆演算
滴滴答答　滴滴根號簷上的雨珠

清晨掰開雙眼

捏出酒窩對鏡繫好項圈
陽光透過百葉窗供你行光合作用
你挑著厚重的昨天　今天繼續趕路
塑膠花讓冷氣吹得直哆嗦
口袋裡你右拳緊握

午間藉口買一杯冰紅茶
市集裡一張張黝黑的臉
如褐黃蛀滿的花朵
一隻隻螞蟻爬過水溝
一隻隻蒼蠅試圖尋寶
牆角的蜘蛛吞著口水

夜裡掏出口袋裡的數字
對點所有幸福
當風又在窗外嘆息

你拉開抽屜
數著一張張損龜的彩票
又一次對神明感到失望

二〇一〇年二月十八日作
二〇一五年五月十四日發表於中華日報副刊

流浪漢與海鷗

一群噪聒的飛鳥銜著貪婪
占據整座湖灘
牠們扛著愛護動物的旗子遊走
卻一直覬覦我僅有的一根熱狗

牠們集體在湖邊洗澡
原該是我的泳池
不再湛藍
何時開始牠們不再看
人類臉色　不再畏懼人類叫吃
是我　選擇遁逃

第一次我感覺不妙
原來我不是人類　牠們才是

二〇一〇年三月二十日作
二〇一一年一月十一日發表於中華日報副刊

露天咖啡館一隅

她倚坐那兒無所等待
她倚坐那兒　等待時間替她蓋被
她舀一匙糖　在淡而無味的人生裡
攪拌波瀾
波瀾滾滾
她想把今天攪進昨天
她仍然穿著昨天的那雙玻璃鞋
奇怪的是王子從來沒有回來過
和秋天一樣萎縮的夢
摔在沒有人注意的垃圾桶旁

043　露天咖啡館一隅

和昨夜一樣黑的咖啡
撩起一縷煙嵐
撩起她體內一股熱
一股熱　張牙舞爪
在時間深海裡篡升
篡升頻頻　假裝成慘白冷漠的霧
深海雷動　她聽見遠去的掌聲
如光之箭羽穿透遮陽篷
落在沒人在意的水溝裡

在奶精與糖的交互作用中
她忘了苦澀是原味
不斷啜飲那些被遺忘的星空
日復一日的
沒有一杯咖啡真正喝完
時間涼了……

淡了……
也跟著酸腐了……

二〇一〇年四月九日作；二〇一一年三月十一日修改
二〇一一年七月一日發表於中華日報副刊

今年多倫多雪很少

只是一月　我看見雁兒北回
「南方不好嗎？」我問
牠拍拍大翅
牠說：南方大雪　無林可棲

只是二月　我看見冰河溶化
雪鄉破天荒的揚起熱浪
人們穿著比基尼泳裝滑雪
松鼠說我還沒睡飽呢
怎麼春天就來敲門

傳說地球母親得了癡呆症

已將阿南想成阿北
又惡化成躁鬱病人
忽而止不住眼淚
忽而震怒莫名

只是三月　夏日陣雨輕吐雷鳴
那休息千年的火山
忽然想起什麼狂飆起來
將晚霞煮得稀巴爛
還幾乎吞下我們僅有的一枚落日

只是四月啊只是四月
一棵楓樹急著忙擦汗
卻在染血的手絹裡看見自己的死亡證書

只是五月　一場世紀冰雹

047　今年多倫多雪很少

飛彈一樣的炸沉春天的花神號
以後我們僅能在植物園欣賞玫瑰標本

只是六月　啊新聞台預報一場寒流

今年多倫多雪很少
我們當知今年多倫多的蛙鳴寂寂
該懷孕的沒有懷孕
不該懷孕的卻留下滿世子女

誰讓我們發明戴奧辛
誰讓我們不斷地以手遮天
養出十二月的聖誕紅
卻黃了七月的牧草

只是八月　雁兒已集合整隊

為了尋找心目中的南方
牠說牠們需要提前出發

風啊風已不知道該颳向哪裡了

宅男宅女已不再攜手踏青
他們在各自的冷氣房裡私釀愛情
父母已不再帶著孩子放風箏
他們用電腦用手機收放彼此
並以簡訊簡化親情
夫妻也不在落花林中散步
他們開著跑車沿街爭吵

積聚在那裡的　那些廢氣怒氣
繼續傷害地球母親
我們不都是秋天的劊子手嗎

誰讓九月的陽光毒死秋菊
誰讓十月的萬聖節找不到南瓜雕刻
誰讓十一月的龍捲風重挫魚族
誰讓十二月冬至的湯圓糊了
地球母親啊
海底不斷噴溢的油井是您的怒火嗎

只是一月　我看見雁兒北回
「又找不到南方嗎？」我問
牠拍拍大翅
牠說：無林可棲　保育地擠滿樓閣
牠說牠們正密謀突變
以後就不必再南遷北還麻煩人類了

二〇一〇年六月十二日作
二〇一〇年十二月發表於創世紀詩刊第一六五期

恐龍骨骸

牠悄悄地擎起一個空的宇宙
節節斷骨包裝的驅殼旁
大人帶著小孩填滿想像

地球表面　躲在童話故事裡的腳步
踩過山巒　踩過滾滾大河
在時間之火舌吻過的土地上
留下一窪乾了的魚池
留下地球的遺言
讓再生者反覆創世紀的神話
讓興奮不已的科學家們

演繹萬年以前的滿月
以及那遭時間雙手撫平的聲聲巨吼
而所有的巨吼　都將如斯
精神的　物質的　看得見　看不見的
都將只是巨變之後幸運的化石

二〇一〇年十月二十九日作
二〇一一年三月十七日國語日報少年文藝版

導盲犬之歌

我受聘與他共同跋涉這美麗的世界

清晨他張開沒有影像的雙眼
推開空氣　用篤篤的杖聲喚醒我
我習慣看著他平靜地烹煮喜怒哀樂
然後與我共進一個嗅覺飽滿的早餐
他知道光進來了　他知道風的方向
他說屋裡迴旋菊花香　請叼來一朵
隨著他手指比的方向走　我看見
黃色的波浪在黑暗的角落裡發光

擠在人群中　我是執勤的保鑣
我不能陶醉在欣賞的目光裡
必須心情放空　替他排開風浪
我是他　喜歡在陽光下散步
我停　他止步
我走　他生死相隨
他說他累了　我替他找張椅子
他是我　喜歡望向遠方
遠方　受嬌寵的哈巴狗和主人玩接球
他拍拍我的背　像微風拂過山崗

我喜歡趴在他的腳下看他摸字唸書
不急不緩的節奏　敲著命運的鑼鼓
緘默是最好的交流　如花朵巧巧盛開
不管夢是否有色澤　他心中自有彩虹
因為他　我學會傾聽雨聲　濤聲　心聲

他是詩人　我是詩狗
我們心眼合一　共赴支支圓舞曲

偶然他也會痛哭　在神明跟前耍賴
我嗚嗚地舔他的傷口　等待暴雨平息
然後我們一起穿出墓穴　等待黎明
黎明帶來光熱　那是我們僅有的請求

二〇一〇年十一月十二日作
二〇一三年四月三日發表於自由時報副刊

月光浮溢的早晨

鳥聲啄走了樹後的騷動
街道將明未明
低吼的車燈消化了昨夜惡夢
消化了昨夜敲窗而來的蠢蠢意識
只留下夢的骸骨讓世界去啃食

引擎啟動了生活的轉輪
碾壓出兩道生與死的溝痕
引領慾望的箭　射向生活的紅心
一會兒世界就要現出原形
將風末風的對話緩緩滋生

此刻花木清唱扶疏的夜歌
蹓人的狗兒泛著光澤
舔食草坪上最後一片月色
而我享受一無所有
享受失業人口無處可去的自由

在這月光浮溢的早晨
我是一無所有　一無所有的富人
定格拍攝窗外螞蟻出洞的紛紜
我孤獨地穿越黎明
在一扇傳說的門裡聽鐘聲

二〇一〇年十二月十一日作
二〇一四年二月十二日發表於世界日報副刊

戲沙
——湖畔觀情侶戲沙有感

這時所有的鼓聲都拍在赤裸的岩上

漲溢的是青春的驟雨
雕在沙白風清的灘上
他們光著腳丫子奔跑
什麼時候這纏足的神話終將抵達
紅毯的彼端
這裡適於竊竊私語
這裡適於沙雕
沙子細軟　細膩黏稠

此時風靜浪遠
沒有人打攪一切的隱匿
不要在乎我這尊風化的肉身
即興的演出　盡興的雕塑
進入墳墓前多說一些謊言吧
因為以後不會再說類似的話

於是他們擁抱：像兩隻柔軟的海馬
於是他們接吻：像兩尾撥不開的蜻蜓
終有一日
於是他們不再擁抱：像兩隻橫行的螃蟹
於是他們不再接吻：像兩尾帶刺的蜜蜂
然後我會給他們的手機發伊媚兒：
有影為證
愛不偶然

這時所有的鼓聲都拍在沉默的岩上

二〇一一年三月九日作

二〇一一年十月十八日發表於世界日報副刊

記得那年的湖水

撥開橫行的水草
我們划向瀲灩的腦波
追捕唐詩與宋詞
每一個落在湖心的詞句
都如雨點　空降千年以前的乾糧

我們追尋一首詩的結局
用舌尖品嚐韻腳
讓舌根抵住即將消失的夢
嗅覺聽覺敏銳地隨意象打轉
我們在彼此星眸裡讀到滿足

而今槳舵拍著那些字屍
四散的是我們少年的初衷

記得那年我們划著心湖遠赴一場詩宴
靜謐的暗夜　槳舵抑揚頓挫
我們聽見內心深處的蟲鳴鳥叫
那時我們沒有名片
詩宴上只在乎如何酌飲文字酒
而今我們忙著堆疊名片上的頭銜
忙著彰顯酒瓶上印製的年代
誰還在乎那些四聲平仄

只是夜色幽微的角落　當槳舵打起
那被遺忘的煙雲發出微微清香
這時咕嚕咕嚕叫著的聲音
響自饑餓的頭顱

你說難怪這些年怎麼吃都吃不飽
即使腰圍一再加寬

再撥開橫行的水草吧
我們划向瀲灩的腦波
追捕被遺忘的韻律
每一個落在湖心的詞句
都如雨點　空降兒時的乾糧
落在你我的星座上閃閃發光

二〇一一年三月二十四日作
二〇一一年六月發表於新地文學春季號第十六期

有關湖水

湖水是慷慨的
大家都那麼認為
它接納一切
一切的聲音
一切的行動
候鳥來了又去
留下羽毛與排泄物
那些看似清純的布袋蓮
正一吋一吋地變走月亮的鏡子
每一次梳頭整髻
月亮都有想哭的感覺

就像丟失童年的你
就算往回走也等不到自己
臉歪了　心糊了
你以為這樣叫長大
你以為湖水不該清澈
清澈的湖水叫超現實
然後你畢生追求超現實

二〇一一年四月一日作
二〇一一年八月九日發表於自由時報副刊

今夜無雨無霧

沒有動過的糕點
沒有花的花瓶
沒有時間的壁鐘
沒有夢的午寐
沒有鈴聲

今夜無雨無霧
發生過的沒有痕跡
風也沒有

水關在金魚缸裡
顏色鎖在畫內

歌聲凍在喉中
似曾相識的故事
咒語還沒有解除

今夜無雨無霧
不安的井水　井底打嗝
為了無法消化的思念
吐著漣漪

二〇一一年六月十一日作
二〇一一年八月二十一日發表於世界日報副刊

時常澎湃

那棵芍藥蹲在玫瑰花下
粉紅花苞撐不開來
初夏花木都大辣辣地開花
玫瑰刺的威脅下她不曾開懷

我總扮演那路見不平的傻瓜
園裡徘徊
設法拖來花架
讓眾人看見她的風采

然而　楚河漢界隔不了玫瑰莖芽
她仍一臉陰霾

我想我最好移植她
卻讓那玫瑰劃破膝蓋

於是我放棄任她被糟蹋
且走且回頭　她含淚等待
而我的牽掛
多年之後時常澎湃

二〇一一年六月二十日作
二〇一二年一月二日發表於世界日報副刊

水果五品

1檸檬

檸檬的小黃宮裡住著一名小人
吐著酸酸的氣息　說著酸酸的話
讓人牙癢癢　卻又口頰流涎
因為維他命C的緣故
我們還是需要它

2草莓

小姑娘戴著草帽
臉兒紅通通地說：

我是裝可愛的甜心
小心我將雀斑傳染給你

3葡萄

是露水凝成的珠液
還是蜘蛛吐的紫色泡泡
不是！不是！
是我家小女兒的魔棒
輕輕揮幾下
到處都是紫色的鈴鐺

4木瓜

思想的種子就藏在裡頭
瓜熟蒂落之後百家爭鳴

在詩人的光譜上滾著晶瑩的淚

5鳳梨

抽去我的心肝
啖我乳黃的果肉
縱我偽裝成醜陋老皮
並用刺來護身
也逃不過你
什麼都吃的人類

二〇一一年八月十三日作
二〇一一年十月一日發表於乾坤詩刊第六十期

都市小孩

都市小孩坐在幼稚園的台階上釣魚
釣到一隻螞蟻　螞蟻說：
我不會打電動　放過我吧
釣到一隻蟑螂　蟑螂說：
我不會寫作業　但我可以載你去旅行

都市小孩忘了他還要等媽媽
助跑一段　隨蟑螂飛上天
蟑螂變成蝴蝶　變成美麗的白孔雀
雲端他看見被爸媽墮掉的小妹妹
他揹著她說：我帶妳逃跑

他們逃到花果山水簾洞
那些潑猴都騎著廢棄的車輪玩遊戲
那些潑猴也都帶著黑黑的口罩
都市小孩又拉著妹妹遁入湖裡
他看見大魚吃小魚　小魚吃蝦米
他看見塑膠袋　吸管　可樂罐
都市小孩又拉著妹妹逃回雲端

雲端　露珠滾在額角　貼在鬢邊
各種口味的雪花冰好好吃
他們汲著沒有塑化劑的泡沫奶茶
想著熱騰騰　沒有過期的叉燒包
夕陽替他們披上暖和的金蟬衣
請他們看彩雲演的哈利波特完結篇
真的演完了　星星一個個出來鼓掌

都市大樓也紛紛舉起火把
他告訴妹妹他該回家了　不然媽媽會生氣
他告訴妹妹不要氣餒不要哭
只要會做夢就不會再失散

二〇一一年九月二十日作
二〇一六年五月二十一日發表於世界日報副刊

同學會

古井裡撈出的臉譜
循著魚尾紋游進故鄉的小河
遠自各地　我們向圓心聚集
浮雲將天空又擦洗了一遍
我在門外窺視

點燃陽光的笑容　乍現的表情
使我墜入歲月的網
杯光水影替代木訥的答問
很久以來　我們失去彼此音訊
一些喧鬧聲運來了集體作弊的青春

輕輕擦拭每一張臉譜
灰髮斑駁的寫意
有人放映一部黑白片
那時繁星如夢　額角湧起的綠蔭
現在只是一條條可彈可擊的縐紋
伴唱著消褪的彩虹

我們曾經涉水而過
山巔的迴響
今日又濺濕了一回

二〇一二年一月二十九日作
二〇一二年四月十二日發表於世界日報副刊

總有一些愛

總有一些愛
會篩落嫉妒的溫床
穿過珠網　青苔和腐葉
總有一些愛
會讓海星的手心發熱
讓白珊瑚轉紅

今晨我坐在院子裡
等待玫瑰花醒來

總有一些愛會抽芽
會轉罌粟花如血的種子

成一株株愛的火苗
漫天飛舞　隨地生長
比浦公英更猖獗
覆蓋嫉妒的薄毯

二〇一二年五月十一日作
二〇一二年七月三十一日發表於自由時報副刊

今夜

夜來了
黑色的腳印爬滿高樓
巫婆披風不停地搖晃
催眠每一扇窗

我們在荷葉邊小坐
看魔術師自斗篷
抓出一顆顆星星
然後拋空擲一枚硬幣
變出花樣黎明

異國　我仍舊坐在池邊

忽然想起多年以前
你曾滿口嚼著我的詩句
時空交錯的今夜
騷弄著四圍的灌木叢

二〇一二年五月十六日作
二〇一二年八月八日發表於世界日報副刊

中年的愛人

我在廚房讀信
讀一封二十年前你寫來的信
像研究魚的食譜那樣
不知道蔥薑蒜加了多少
沒有腥味
你這個假浪漫的騙子

然後你矢口否認
說那不是你寫的
信也不是寄給我的
說那是一個小男孩喝多了荷爾蒙
一個小小的惡作劇

這算是一則冷笑話嗎？

於是我偵探的神經抖擻起來
開始介入你的供詞
高速顯微鏡　監測你脈搏的舞姿
高倍放大鏡　顯映你日前的指紋
原來你已很久很久沒有心跳了
指紋比三葉蟲還簡單

於是我決定回一封信
回一封二十年前就該回的
然後按下一枚玫瑰印
表示我的愛依然新鮮
蜉蝣般的繞著
在每一個微笑的清晨

那日以後經常聽見你吹口哨
呆在浴室裡比平日還要長
一縷熟悉的芳香
自二十年前飄回
只是你的眼神總是試圖避開我
有一股曖昧在廚房裡嗡嗡烹煮

於是我戴上偵探的眼鏡
採集你的每一條背影
羅列分析著每一閃神的背後
最終我禁不住審問
為何你臉上總泛著奇光？
於是你招供說你有個不知名仰慕者

然後你矢口否認曾招惹她
說從來都不認識那枚玫瑰印

信可能是寄錯了
說那是一個小女孩喝多了荷爾蒙
也許是一個小小的惡作劇
這也算是一則冷笑話嗎？

我鎮靜地欣賞你的得意洋洋
你的眼睛跳舞了
那曾為我跳動的眼神滴溜轉
於是我決定不去挑明
讓你用一生去揣度那躲在暗處
喜歡用印落款的愛人

二〇一二年八月十三日作
二〇一五年一月十七日發表於中華日報副刊

天鵝北回

大地仍在冬的懷裡裸睡
幽徑殘冰
水湄傳來呼呼的多重奏
天鵝北回
三月又來破冰棲息

風塵僕僕　仍然如雪的光輝
嬉遊在這如鏡的湖面上
一對一對相偎
一對一對比翼雙飛
從北到南　從南到北

你必得漂泊五千里
才能尋得芳草的安慰？
你必得御風突圍
逃過獵人的饞嘴
才能尋得極地的完美？

群起滌足騷動寧靜的湖水
緩緩梳理愛侶的雪衣交頸夜寐
滑步　送走秋天又來揭春帷
騰舞　漂白了蒼松的大悲
我不斷溶化　因你今生不悔

因是
我必得在此年年等待
等你們過境

等你們唧來春暉
落日影動　我的碧空充滿機會

二〇一三年三月三十一日作
二〇一三年八月三十日發表於人間福報副刊

人生操作手冊

——凡一切相，皆是虛妄。《金剛經》

他終於為愛兒刻上眼珠
慧黠的純真的人本太初
他苦惱於該如何規劃操作手冊
凝望遙遠的藍天
他的叮嚀化做六個按鈕：
色、聲、香、味、觸、法

因色　眼眸所盼
燈紅酒綠　煙霧明滅　迷人的色
多少色塵引你耽於夢境

因色　人之所以喜
因色　奮起追逐
當時間嗜盡鉛華　始知
不應執著色而生心

因聲　耳根所濡
絲竹妙音風雨呻吟　撓人的聲
多少聲塵誘你妙入仙境
因聲　人之所以動
因聲　手舞足蹈
當幕謝聲闌　始知
不應執著聲而生心

因香　鼻翼所動
瀲瀲噴香滾滾濃郁　螫人的香
多少香塵曝你虛入幻境

因香　人之所以痴
因香　變易無主
當香消覺滅　始知
不應執著香而生心

因味　舌蕾所舔
美酒佳餚酸甜苦辣　嗆人的味
多少味塵惑你深入魔境
因味　人之所以饑
因味　不擇手段
當隻身夢醒　始知
不應執著味而生心

因觸　身體所攬
雲山夢雨海市蜃樓　誘人的觸
多少觸塵誤你癱於異境

因觸　人之所以愛
因觸　飛蛾撲火
當油盡燈殘　始知
不應執著觸而生心

因法　意念所動
萬物所宗日月交輝　霹人的法
多少法塵領你步入絕境
因法　人之所以貪嗔痴
因法　顛倒陰陽
當浪花淘盡富貴　始知
不應執著法而生心

事了　老木匠說：兒啊
因色、聲、香、味、觸、法
生命得以豐富

但這六個按鈕可放生亦可殺生
你當適可而止　需知
佛曰：應無所住而生心

二〇一三年五月八日作
二〇一五年七月三十日發表於人間福報副刊

秋興

夏天經過我窗前
留下最後一朵玫瑰
我的窗前　風兒轉向了
不再是徐徐地
而是窸窸窣窣的碎步聲

秋天來到我窗前
洒下一院子的野菊花
我的窗前　楓兒轉紅了
不再是淘氣的縱笑
而是幾聲哀嘆　嘆到天涯

我的窗前　雁兒留下爪痕
光影盪秋千盪過黃昏
我指揮蟋蟀以唧唧的單音
祝牠們鵬程萬里

二〇一四年九月十五日作
二〇一五年十二月二十八日發表於世界日報副刊

昨日海岸

潮起自曖昧的黎明
汐止於混沌的彼岸
許多飛鳥躲在防風林背後
瞬間激起了最是光華的昨日

逐浪而走　這沙子依然細柔
輕雷閃耀　耀過我的中年
風似乎仍在訴說古老的沉船往事
每一個港口也懸著同樣的吶喊

烏黑的一塊記憶
燈塔探照下通體清澈

眩暈的光打糊潮起汐落
空氣瀰漫春天的清香
所有的耳語在一枚貝殼旁持續搔癢
將我的中年挹注成千帆朵朵

二〇一四年十二月十七日作
二〇一五年六月二十二日發表於世界日報副刊

憂鬱的知更鳥

時間蔓生的每一個夜裡
寂寞的重量宛如瓦上霜雪
那隻知更鳥盯著自己的影子
睫毛動也不動
像無法對焦的照相機

溫度計裡的血清素已經零度以下
牠服下幾顆百憂解
覺得自己就是一朵香菇
在走味的日子裡
重複聆聽森林裡風的對白

直到睡意火般燒開來
牠撐起虛胖的身體
反鎖自己於香郁的花叢間
長滿苔蘚

二〇一四年十二月十七日作
二〇一五年五月六日發表於人間福報副刊
收入二魚文化出版社《二〇一五臺灣詩選》
二〇二〇年十月發表於香港《流派》詩刊第十七期雙語版

獨臂的女郎

她用單臂攜著生命的花籃
彷彿可以單挑這個世界
她知道如果不繼續抵抗
影子就會永遠消失

我急忙上前接住她端來的咖啡
無奈　同情和羞愧
多少次差點變成泡沫
我以等待玉蘭花開的心情仰望她

像是一則寓言
濃淡遠近的暗喻

逆飛出一隻羅盤
地平線上
她變成持著楊柳枝的使者
我以等待蝴蝶飛近的心情等著她

二〇一四年十二月十七日作
二〇一五年五月六日發表於人間福報副刊
收入二魚文化出版社《二〇一五臺灣詩選》

又見彩虹

陽光以魔棒揮出一抹彩虹
喜悅飛起　貼在路人的臉上
落在彩雲之巔　在黃昏之眸

像聖誕紅一樣的光帶
領著橙黃綠藍靛紫混聲合唱
微紫的天空聚了散了
像那人的背影
幸福曾如此逼近
攀上去或許就是天堂了

而也許一切本無一物

那是光的幻術
我悻悻然地躺回公園的座椅
在噴泉噴起的剎那
又見彩虹

二〇一五年一月二十五日作
二〇一五年十月四日發表於中華日報副刊

傳說

黃昏時　走過的那條小巷
有條背影還留在那兒
飛機已經不知穿破多少片白雲
巨鷹也老早消失萬重山外
有條背影還留在那兒
留在那兒的鞋印沙埋無痕
唯說過的話猶浮在空中
那條影子變得透明了
就像夏日最後一朵玫瑰

想要絆住一段晨光
色澤卻沒在時間的流沙裡
季節的蕭索其實是個開始
那條影子因為風信子的傳說
繼續站在那兒
月光裡　影子變得更長了……

二〇一五年四月二十三日作
二〇一六年三月二十三日發表於世界日報副刊

我要為你怒放

我要為你怒放一整個春天
把一些美好的事物全都攬進我的花袖裡
讓你抽出的每一朵都是上上籤
我已使出渾身解數
絕不能讓你無視地走過

你怎會無視我的美麗呢
當你趕著公車卻為我佇足
在風中　在雨中　在次次春回的重逢裡
我知道你還是那低頭害羞的少年
你的筆記裡許仍壓著上次的芳香

你怎麼可能忘記我呢
你十六歲的那些祕密還摺在我的花心底
你的祕密我安全地藏著
我要為你驅散那些霧一樣的謎
我要為你怒放一整個春天

可你怎麼就真的忘了我呢
就一秒鐘　你仍舊上了那班公車
沒有回頭　落座後只低頭滑手機
可就在我花淚一地時
你將我的美麗秒送給全世界

喔　我要為你怒放一整個春天
雖然你不再是樹下支頤托腮的少年
我也要你為我怒放整個一生

在風中　在雨中　在次次春回的重逢裡
將過去一年的祕密再偷偷地告訴我

二〇一五年五月二十日作
二〇一五年八月二十九日發表於世界日報副刊

玩雪六則

1 堆雪人

院子裡一個小雪人正在堆雪人
他雙掌握著雪泥
身後是一棵紅過如今赤裸的楓樹

堆到跟自己一樣高時
他取下紅圍巾送給它
雪越下越大
一個小雪人開門進屋去
看著窗外挺著胡蘿蔔鼻子的同伴
呵呵笑

2打雪仗

砸過來的竟然是綿軟無力的一拳
偶爾落進體內的雪花
像毛毛蟲噬入骨髓

揉一顆大雪球擲回去
把跑來喝止的校長炸成雪人
學童一哄而散
落下滿地的雪子警戒地發光

3砌雪屋

揉雪成磚一塊塊疊上去
風大雪大都不如我的小雪屋大
躺來躺去竟像是我的墓塚

走出來世界似已過千年
一百個雪屋一百個人生
風雪之後都只有一個結局

4雪畫

雪的白帆布上最適合素描
你畫了一上午也開心地落款
黃昏時雪蓋上另一層帆布
你來不及搶拍的名畫
來春會不會出土？

雪止時再畫它幾幅
也許另一個平行時空有人截圖
茫茫的雪原上你並不孤獨

5煮雪

盛的雪是不能直接煮茶的
一定要先溶解過濾
雪燉成水　酒蒸成霧嵐
這時候春天就來了

6踏雪

必須用春天的心情去踏青
假設枝椏上的殘雪是梅花
假設謫仙的雲朵落入途中
假設自己是一棵會移動的雲杉
在安靜的森林裡像一隻安靜的鹿

二〇一六年一月二十七日作
二〇一六年十二月一日發表於創世紀詩刊第一八九期

冬日操

1

冬天來到我窗前
爪痕留下一則習題
忙了一天
無解

試過所有排列
仍然是凍住的虛虛點點
我想贏我想解
失眠一夜

卻在半夢半醒間
夢見整座雪山

原來這就是答案
原來這就是答案

2

冬天如許寂寞
沒有生物抬頭望她
但如果沒有她的儲備
春天怎會繁花似錦？

夢在暖房裡孵育著
上弦月欲待圓時
方來你鏡前傾聽

你髮簪上的無語花
冬天保鮮了所有靈感
你在閣樓裡練著瑜伽
倒立的時候
雪花對著你微笑

二〇一六年一月二十八日作
二〇一六年四月五日發表於人間福報副刊

雪花飄到哪兒去了

雪花飄到哪兒去了
飄到北回歸線
飄到南國
雪花首次發現
亞熱帶人們這麼熱愛她

雪花飄到哪兒去了
飄到沙漠
飄到赤道
雪花初嚐熱帶果
被仰慕的滋味吱吱響

北極震盪　盪啊盪
雪花盪來魚塭
池裡的魚兒全都翻白肚
雪花盪過果林
紅潤的果子全都翻白眼

雪花的白焰燒過檳榔園
瞬間停泊的蝴蝶燒成玻璃
堆雪的人也都成了冰棍兒
紛紛說：「別看她那麼安靜
她的脾氣可大著呢！」

雪花又飄回北國
她受了氣地暴衝夜空
北極震盪　盪啊盪

人們還在難民流徙裡論爭
北極噴流悄悄地淹沒地球

清晨又是一陣刺骨的寒
土撥鼠趕緊鑽回熱被窩
早回的雁兒透明的枝椏裡瑟縮
我望著窗外胎死腹中的滿樹花苞
悻悻然地關上春天

二〇一六年一月二十八日完稿
二〇一七年二月十六日發表於世界日報副刊

黑色哲學

1

這世界黑掉了
那些搖曳的樹影正在進行一場陰謀
匍匐在草叢間的螢火蟲
以他一生微弱的光進行抗爭
而只有夠黑的時候
才看得見星星

那些一閃一閃的星星正在呼籲：
請點燃心中燭火
讓黑暗無所遁形

2

忽然這世界黑掉了
花園裡開滿黑色鬱金香
黑色的百合花　黑色的風信子
黑色的水瀑旁黑色的我

而只有夠黑的時候
才辨得了花香

日蝕的片刻我體悟：
若非盲它一時

哪能習得太陽的煉金術

二〇一六年三月二十二日作

二〇一六年五月十八日發表於中華日報副刊

二〇一六年八月發表於北美華文作家協會季刊

春日

冬眠醒來的松鼠東跑西跑
尋找去秋埋藏的珍珠
我在花園裡也東耙西耙
褐色的土壤裡尋找去年的信物

今年的春天怎麼來得那麼慢？
我支頤窗前等待
那出現的一群群似乎是熟識的
一隻隻不斷地飛回來
像曾經的舊夢
平靜的湖底下翻滾著

下午小睡迷迷糊糊被薰醒
春風送來了花扇
花扇裡逸出了去年的玫瑰芬精
扇啊扇地　蝴蝶飛回來了
扇啊扇地　蜜蜂也飛回來了
我鬆鬆軟軟地開始發芽

二〇一六年五月十六日作
二〇一六年六月八日發表於世界日報副刊

馬戲團外

他們想控訴你們　六月的草原該是象奔時節
帳篷裡發出了巨浪般的驚嘆聲
沉重的是在轉彎處散發傳單的協會

他們想控訴你們　六月的公園鶯飛草長
他們拒絕了女友的下午茶
沉默地舉著牌抗議給停車場的鴿子知道

他們想控訴你們　獅王跳過幾個火圈了？
滿城都在周末的狂歡中與明星猴共舞
子非象　焉知象不樂
子非獅王　焉知獅王樂

短暫的口角讓下一場戲的人潮沖散
他們想控訴你們　唉　夜提醒了路燈
馬戲團裡親子的歡笑聲高潮不斷迭起
馬戲團外幾個青衫少年點著煙
枯坐階前
彷彿剛剛經歷一場船難

二〇一六年五月十七日作
二〇一六年六月二十日發表於中華日報副刊

街頭藝人

我敲我的鼓　你彈你的琴
地鐵角落　我們是挑引
聽覺的黑騎士　偶然
丟下的錢幣是同情　還是欣賞
我用人頭來決定

你跳你的舞　我唱我的歌
廣場上　我們是御風的隱形人
偶然丟下的錢幣
是遺忘星球的一聲嘆息
我的手指無端來悸動

對著這霧濛濛的城市
這白天有如黃昏的街角我靜靜地唱
遠處有人噙著淚水
一張張陌生的臉孔像流星

問我許了什麼願
當然是把你的錢幣留下來
繼續餵養我的流浪基因

二〇一六年五月十七日作
二〇一六年六月二十日發表於中華日報副刊

嚎月

1

每一次月亮浮上來時
它就會衝進院子
追著自己的影子跑

我必須隨著它去追月
否則它會在我體內不斷地打乒乓
散步時　它變得安靜了
月亮是圓的　它也是飽滿的

每當天空吹出月亮泡泡
我狼人的基因就開始暴動

2

如果橡皮擦可以擦掉天上明月
我就不會低頭思故鄉
思念有時就像皮球
越拍越高　卻永遠搆不著月亮

3

昨夜與月同行
額頭始終響著蟬聲

唧唧唧唧　背著手向前走
走來走去都走回昨天
逆時針轉入楓林
我聽見日子倒帶的聲音

然後我是毛毛蟲
故鄉的月色下飛成斑斕

二〇一六年六月二日作
二〇一六年於九月二十日發表於聯合報副刊
二〇一六年於十月二十八日發表於世界日報副刊

昨日之歌

那些過去的忘了的夢
猶如一口古井
青苔底下是曾經年輕的肌理
千萬句話擲入
井底傳來少年時弦斷的回聲

凝望遙遠的昨天
想不起弦音因何而斷
千萬張日曆撕去了
我的惆悵比遠方鳳凰木還紅

凝望遙遠的昨天
我以輕歌釋放它
年輪的轉盤未曾跳針
一首昨日之歌在庭園深處
為我這異鄉人一次次播出
引來蝴蝶圍觀

二〇一六年六月十二日作
二〇一六年八月十四日發表於世界日報副刊
二〇二〇年十月選入中國世界經典文學薈萃

潛意識

記憶其實就是一顆種子
埋在潛意識的沃土
遇到血濃時
便以高壓的反速度茂長

所有的愛憎苦惱
堆積在潛意識的下水道
遇上秋來的冷月
暴漲決堤

不讓潛意識盤根錯節
最好超現實書寫

閉起眼釋放你的潛意識
然後把拼圖交給讀者去卜卦

二〇一六年六月十四日作
二〇一六年九月二十日發表於人間福報副刊

正義的遊戲

一場正義的遊戲剛剛開始
你要加入嗎？
「當然要」　風這麼說
雨也不示弱的說算我一分
一時電光蛇現
雷也轟然響應

風雨雷電想替月亮出氣
只為湖面上出現了另一輪明月
月亮躲進烏雲裡
讓風雨雷電忙了一整晚
竊喜湖面上再也看不見明月

天亮前　正義終於伸張
風雨雷電回到天庭開香檳
低頭卻見湖面上的月亮
笑靨如昔

二〇一六年六月二十三日作
二〇一六年九月十二日發表於中華日報副刊

永恆的歡愉

怎麼會有這麼美的地方
是的，我們不相信這個濁世
還存在著桃花源
就像我們不相信還有好人
就像我們再也不相信愛情

可當你揉揉雙眼，你看見
深黑的洞裡，螢火為你引路
陰森的海底，水母發光
黑幕中，北極星為你爍著方向
燭影一直為你站崗流淚

是的，我們一定要相信這世間
仍有不少好人，他們默默無名
默默為這濁世點盞燈，他們
馬拉松漫跑，默默為這亂世
擎著火炬，在寒天裡接力

我們也一定要相信愛情
是可以偕老，可以長流
只要我們不是刺蝟
只要我們願是彼此的燈塔
繁星會在紅毯前匯集

霧霾中，我們彼此守護
當我們眼裡還充滿疑惑
愛早已在港邊悄悄吹亮所有燈塔
暴雨中，風風火火如灶爐

暴雨中，是逆海而來的方舟

二〇一六年六月二十六日作
二〇二〇年九月發表於創世紀詩刊第二〇四期

震殤

浮漾溫柔月光與星子勃發的春夜
瀰漫楠木香，新買的沙發慈愛的
抱著我們，我們放鬆地滾成圓球
母親的電話剛剛放下，她仍然是
那部中古質樸的錄音機嘮嘮叨叨
——食飽未？穿卡厚，邁擱寒著

是否被顆自戀的飛彈歪打正著？
是否還在電動遊戲裡瞎轉夢遊？
地震？彷彿只是吊橋上的惡作劇
樓倒了？所有驚叫壓成碟盤無聲
她窸窣起身說她去洗手間一會兒

一會兒，我們的首次愛巢壓扁扁
閃電蛇現的天空如海，春雷乍響
大雨吞噬了聲音，青春卻斟不滿
我知道營救的大隊仍然馬不停蹄
只是我的眼皮已撐不住光的重量
好想再聽母親囉嗦一次邁擱寒著
這一次我會認認真真聽每一個字

二〇一六年六月二十九日作
二〇二〇年九月發表於創世紀詩刊第二〇四期

偶遇

突然下的一場雨　把我關進
涼亭的大傘底遇見你

涼亭的大傘底不得不與你
眼神交會　不得不停止呼吸

風急　雨急　說話的人更急
舌頭急得都瘋言瘋語了

突然下的一場雨　把我關進
時間的黑洞裡想起你

想起你　愛情來得太早
雨總是莫名其妙的又停了

二〇一六年七月十六日作
二〇一六年九月二十日發表於人間福報副刊

遺物

老婆婆嘮嘮叨叨地訴說
孫子頑皮地按下錄音機
笑說等老婆婆再唸叨時
錄音機會自動替她複誦

老婆婆走了以後清遺物
只有孫子要那捲錄音帶
老婆婆清清嗓子又唸經
小孫子頓悟地滿臉淚水

二〇一六年七月十九日作
二〇一六年八月十三日發表於中華日報副刊

大女人主義

甩著兩顆大蘋果
肚皮舞孃水蛇一樣地鑽進
大男人主義

她拋著媚眼　逶迤地滑下舞台
空氣一下子膨脹地令人窒息
男人們掉進她粉紅迷魂陣
紛紛解囊　塞進她的玫瑰花瓣

夜裡她揭開面具
她是女巫　一身皺巴巴

豢養的那隻鸚鵡不斷地說：
「大女人！大女人！大女人！」
她剝了幾顆核桃仁施捨給牠
在水晶球裡看見那些大男人
在小女人的懷裡俯首稱臣

二〇一六年七月十九日作
二〇一六年八月十三日發表於中華日報副刊

戒指

戴上戒指的時候
就該知道什麼都該戒了

戒掉夜店
戒掉流浪
戒掉粉絲
戒掉祕密
然後一起擠進一把傘
共赴風雨
後來不知為何越來越擠了
總想把對方擠出去

有時想不如逃出去吧
卻發現「愛」無處可逃
只好繼續擠著這把傘

於是膩著你暱著我的那些溺著的
每個雨夜
越來越貓膩

二〇一六年七月十九日作
二〇一六年十二月一日發表於世界日報副刊

山山水水

——記加拿大安大略省Hamilton, The City of Waterfalls，該市位於尼亞加拉斷層（Niagara Escarpment），大小瀑布一百多座。

1

瀑布以各種姿態走秀
有時細長如絹帶
有時寬大如白帆
有時矮小層疊如蕾絲滾邊
有時假裝無題

亂石什麼時候學會喧嘩？
三五野雁佯裝不知輕雷

綠色驛站裡綠色的影子
笑著跳著說這裡沒有時間表

2

大雨為山壁織厚了面紗
原是小心的瀑布
膽子變大了

小小河谷本是禁地
被拉開的網下鞋印重重
每一片葉子都是耳朵
竊聽著那些掠美者
他們不斷以卡嚓的聲音
盜印山水的版權

3

階梯旁站著守衛
不許遊客奔向水湄
為了環境保護
多好的工作
只要守住山山水水的拼圖

鐵絲網底下小小凹口
引誘著違規的慾念
多難的工作
必須背負所有的失望

4

我開始做夢

把肘支在斷橋上
再走過去會是哪裡？
派心去探險
雙腳已經涉水而過

原來是斷崖
崖下奔流的瀑布摔入綠浪
你捏了一身冷汗
回程嘮叨不停

5

為什麼總找不到它呢？
請原諒我的好奇
當前景變的更黑暗
我仍然在它的暗示裡打轉

水聲的意象已經很清楚了
音符用力搔癢著耳壁
每一句賦格都如火把
指引著山水迷宮的燈塔
而我走來走去都走回原點

6

柵欄裡的草坪上有塊招牌
寫著為了不讓鹿兒誤食
我開始在奇形怪狀的樹林裡
掃描每一處鹿的可能

鐵橋下的瀑布已經乾涸
陽光明媚而溫暖
我們坐在白樺樹下聊天

像一對小情侶
我在你蘆葦的髮叢間聽見鹿鳴

7

去年那片紅葉還叼在枝頭
你縱身一躍撥弄它
一條白色毛毛蟲順勢而下
你跳著叫著像個小頑童

我告訴你那是蠕動的紅葉
你擾牠吊床上的清夢
牠只能癢著你　蓋上斑紅點點
你可以當作是我的咬痕
癢你一世　癢得滿山滿谷縱笑

8

原來瀑布之外還有瀑布
過去的之前還有過去
避免被回憶埋葬
微風掃就的芳菲將秋來稟

百花已經凋謝
夜裡風的笑聲變得好神祕
濺出的水花
在黑石上閃閃爍爍
像是一則則聖人的箴言

二〇一六年七月二十日作
二〇一六年十月二十三日發表於中華日報副刊

書的告白

還是倒了
無聲的　一個冬天的早晨
半價的半價之後終於清倉
鐵門落下的時刻
終於認輸了

只是對手在哪裡呢？
被拍賣的書在主人的案頭上
發亮的銀幕裡看見自己
也發現好多好多朋友擠在小格裡

「你有體香嗎？

你可以隨著主人到處走嗎？
你可以裝飾主人的書房嗎？
你可以讓主人劃線嗎？
你只是我的影子！」

電源關掉的剎那　影子消失了
主人抱著它在床頭閱讀
書滑落地上的砰然一聲
它微笑的合上自己

二〇一六年七月二十三日作
二〇一七年一月三日發表於世界日報副刊

樓起

中庭那棵楓樹是唯一倖存者
只因它是唯一認識秋天的
秋分時候它向人們展示落葉
水泥地幾隻等待被餵食的白鴿
忽然銜起了紅葉撞進天空

曾是氤氳霧氣的森林社區
一個蚯蚓大合唱的春夜裡被出賣了
先是理個大光頭
然後開膛破肚地埋下千千管
當一大片樹林小成陽台上的盆栽
當冷氣空調搶了風頭

是誰站在雲端冷笑這個世界？

二〇一六年八月十日作
二〇一六年十二月二十七日發表於人間福報副刊

竊聽

風的慣用語是颼颼
如果配上冷雨颯颯
那就是下逐客令了

而我偏偏喜歡這斜風細雨
遊客都潰散了
才聽得出風雨在密謀什麼

不過風雨可不喜歡我竊聽
他們用雷聲隆隆來遮掩
鋒言鋒語將時間燒成灰燼

二〇一六年八月十三日作
二〇一六年十月五日發表於世界日報副刊

時差

在不同時區裡流浪
睡眠因子醒在深夜
綿羊撲向迷惘的城市
眼底仍有著前一個夢境

台北還在腳下
川流的摩托車飆成落葉沙沙
窗外是多倫多
深秋　因西風　因寒顫的星光
我眼皮依舊跳動

兩個世界晝夜不停的呼喚
我的手心仍有著台北的日出
撥開窗簾是多倫多夜深
濃濃墨色有了破綻
我在台北的棋盤上跳了一宿

二〇一六年十一月二十一日作
二〇一七年一月二十六日發表於人間福報副刊

龍蝦快逃

龍蝦快逃　龍蝦快逃
不要好奇這人間的是是非非
你的鉗子夾不住不公不義
你的觸鬚無法神通詭譎的風雲
你的盔甲躲不住暗箭
快回到大海的子宮　幽深孤獨
卻是世間最安全的地方

龍蝦快逃　龍蝦快逃
海裡仍有許多籠子張著口等你
不要辜負放你生的美麗姑娘
快領你的蝦兵蟹將回到珊瑚城堡

不要貪玩　許多人饞著等你
快快划著你的千足　比光束還要快地
遛
　走

二〇一六年十二月七日作
二〇一七年三月二十七日發表於人間福報副刊

後記：有隻二十三磅的百歲龍蝦，前一陣子被加拿大芬迪Fundy灣的漁民補獲。報載牠能夠站立，站立時比一個蹣跚學步的幼兒還要高。後來有位女性素食者用二百三十元加幣買下來放生，全村人見證，牠在同一條船上被放回芬迪灣。

致詩人

這世界就要滅亡了，詩人
你還在風花雪月麼？
鳥兒在嚎，難民在逃
這世界就要被摧毀了，詩人
你還在為藝術而藝術麼？
風兒在瘋，飛彈在飛
這世界道德淪喪，詩人
你還在象牙塔裡互吹互擂麼？

二〇一七年二月二十六日作
二〇一七年三月台客詩刊第七期

寫給春雷

1

夜以響雷活絡筋骨
獨斷地黑了花瓣渦心
面對敗壞的假期
旅館點點滴滴的更漏
何故滲入初相見的芳馨

2

春以響雷為號角
鬧醒蟄伏的草木蟲鼠

電光的筆力如此強勁
把千言萬語給啞住了
宇宙縮進手機裡滑步

3

春天的韻律始於此
雷是過動搖滾的鼓手
愛情的時節該低歌
響雷已經啟動花開的程式
我等著　在雨瀑琉璃的窗邊

二〇一七年四月六日完稿
二〇一七年五月十日發表於世界日報副刊

愧對知更鳥

欲剪枝葉　陽光暖暖的打呵欠
小院　木蘭花寫了一地的遺言
而松木的層層胳膊霸佔春天
喀擦喀擦　我開始朝它動手
喀擦喀擦　我剪得不亦樂乎
喀擦喀擦　忽忽剪出一窩鳥巢——

好精緻的建築啊！
去年枯草鋪墊的軟軟的家
我無心的搗亂　竟暴露她的山寨
三顆藍色的卵　窩藏好好的
連松鼠　連浣熊都找不著的

而我　竟剪掉所有的護城河
為了彌補　我燒紅了的心
倉皇地替松樹接肢回去
然後一日看數次　看到黃昏重
日復一日　母鳥似乎不曾返
日復一日　等到夏天來敲門
怎麼辦？
怎麼辦？
怎麼辦呢？

我像是被知更鳥罰站的頑童
在被啄醒的夢中

——夢見群鳥過境

二〇一七年六月十五日完稿
二〇一七年八月三十日發表於世界日報副刊

光中餘暉

在那詩的盛世裡
滿天星，你以清朗存在
每個少年黃昏，我淋著《掌上雨》
寫著不成熟的詩

六十年前天狼論劍
哪怕有人認為那是光害
光中餘暉，依舊迴旋不去
指著我的方向
光中餘暉，我仍可見世間百態
以各種手勢指向你

那都不重要了

你已歸隊，你已列入星冊

光中餘暉，四重溪流，流向永恆（註）

（註）四重溪流指余光中先生的詩、詩論、散文和翻譯。

二〇一七年十二月二十一日作

二〇一八年一月九日發表於世界日報副刊

詩人

蘑菇喜歡磨時間
磨出一夜濃汁
摩出青苔上的幾行月光
魔出花樣黎明
摹出打傘人匆匆走過森林

二〇一八年七月二十九日作
二〇一八年九月發表於台客詩刊第十三期

生命

怎麼就秋了？
夏日焰火燒就的菩提樹
掉髮了……
掉淚了……

晨昏循環
四季遞嬗
還要多少個輪迴
我們才能煉出菩提子？

飛雁飛得如此急切
喚也喚不回……

二〇一八年八月十五日作

二〇一八年九月二發表於《詩在線》〈台灣詩人作品專輯〉（總七八九期）

選入二〇一八年《中國微信詩歌年鑒》

現代牛郎織女

七夕裡　牛郎織女都在
雲端滑……手……機
都想用導航定位彼此的心
世上最遠的距離是：
明明併肩而坐，還要靠指紋

指紋滑過去
愛情在餐桌的微暈中煮熟
滑回來的是等待煥發的玫瑰
世上最遠的距離是：
愛在心中口難開
只好靠指紋

二〇一八年八月十七日作

二〇一九年七月四日發表於《詩在線》
（總八一四期）〈台灣詩人作品專輯〉
選入二〇一九年《中國微信詩歌年鑒》

老夫老妻

我好喜歡下雨天
下雨天可以和你一起撐傘
你不能再把我扔在後面
你早已經不再是情人
你是父親　而我是母親

餐桌上你說這雞肉烤的太老了
我笑說：「再嫌，嫌慣了，
小心老了，住養老院會被扔在一旁。」
你竟可以毫無反應我的毒舌派
只問晚飯後要不要去騎腳踏車？

於是我們騎上雙人腳踏車
一路上吸引了許多來來回回的目光
是羨慕我們真能與子偕老
還是這台意氣風發的腳踏車呢？

晚霞滿天　映照我們彼此的白髮
我在你背後　忽然感受一分不浪漫的
愛情　可以不是酒　是白開水
在我們騎回家的路上可以潤潤喉

二〇二〇年九月十四日作
二〇二一年三月發表於創世紀詩刊第二〇六期

生日

聽說你今天生日，春天的紅鳥問
不，那是母難日，但母親說是喜
父親給我的名字是瑛，光彩的玉

生日這天，數著有記憶以來的每一次
跨十歲，我忘了，也許母親曾經記得
跨二十，有封筆友的信和一支寫作的筆
跨三十，兒子和丈夫在側，女兒尚在孕
跨四十，異國的冰雪森林中，樂不思鄉
跨五十，兜兜轉轉，找回了文學老友
跨六十的今天，忽然不願過生日了

我命令窗前的紅鳥不准唱生日快樂歌
我只想無所事事，繼續追完一部爛戲

年輕時誇口不負此生，如今只想獨自品茗
然後在鍵盤上敲幾個字：感謝父母
父親已離世多年，母親差不多忘了今生
望著他們抱著一歲的我在菜園裡共沐春光
多希望回到渾沌太初，彌補許多的來不及

我生在春天，充滿希望的人間四月天
就像鳶尾花又從硬土裡挺過來
我還要繼續敲著鍵盤像是插秧的農夫
在不為人知的花園裏栽種不為人知的詩
我寫詩，寫生命，我弄詩，我別無所求
我只是一粒微塵，在眾多祝福中飄浮
我只是一朵螢火，因愛滯留的每一日都是

生日，生燦燦的日，生鬱鬱的日，都好
都是日常的月圓月缺，生日這天也是
請紅鳥們不要大驚小怪，這只是平凡的一日

二〇二一年四月十二日作
二〇二一年六月發表於創世紀詩刊第二〇七期

紫藤花

紫藤花又開了
又垂下嫋娜身影
將整個夢境折射成紫色
世界在夢境中
迴廊裹在紫色的襁褓裡
我在蛹中熟睡

我醒來，幻化成蝴蝶
紫色的翅膀在紫色的花胎裡拍合
拍著拍著
我似花，花似我
微風日暮，袖裡兜滿紫穗

掛成鈴鐺，響得一室紫藥香

二〇二一年四月十二日作
二〇二一年六月發表於創世紀詩刊第二〇七期

疫情人生（一）

1

一早啄木鳥篤篤地開工
在這個疫情依然彌漫的春天
帶來悅耳的躁音

我們用「打了疫苗沒？」彼此問候
我們在網上參與婚禮與葬禮
我們爭辯人為還是自然的災害

請不要跨過半個地球來看我
更不要在愚人節的那一天詐死

這一點兒也不好玩

殘酷的是啄木鳥即使啄成腦震盪
依然啄不到早起的蟲兒
牠一木換一木，鬧醒了整座城市

2

不知何時開始我們流行偽出遊
就像電子爐火在壁龕裡假裝熱舞
有影無形，電子蠟燭也不必流淚

依然照亮斗室，燃起一室的偽浪漫
一起追那些年我們追過的電影
假裝在廚房偶遇，一起喝個下午茶

一起研究食譜。越磨越想念那家餐廳
那家餐廳已吹了熄燈號，對面那間也是
口罩遮蓋了人們噘起的唇，笑凍在眼底

可惜時間不能偽流逝，無法舀回
逝去的青春生命，燒成一把把野火
依然要笑容燦燦的撕開每一張日曆

見鬱金香如孤親履荷蘭阿姆斯特丹
見櫻花如朕親臨日本京都嵐山水道
我們遠端偽出遊，一趟又一趟

3

據說愛情也可以點餐，戴上時空眼鏡體驗
點一個志趣投合的好，還是性情互補的？

疫情時代的男歡女愛，全都交給了雲科技
父母在家工作，子女在家上學
以為齊享天倫，實在是年輕的父母兩頭燒
小小的屋宇下，家暴像是一場午後雷陣雨

不能逛街買衣服，不能行，不能樂
人們像被圈養的動物，只能食，只能住
連個外帶也要小心翼翼，該死的病毒

就在崩潰的邊緣，疫苗帶來了曙光
在這鶯飛草長的五月，如天降祥瑞
啄木鳥終於啄到了蟲子，還不只一隻呢

二〇二一年五月三日作
二〇二一年十二月發表於創世紀詩刊第二〇九期
選入春暉出版社《二〇二一年台灣現代詩選》

疫情人生（二）

1

拒戴口罩。
也許自認英俊美麗：無法炫耀，寧死
也許來自深層的恐懼：戴罩者，皆劫匪
也許來自叛逆：我就是背骨，天生不服從
假日，他們總是挑著眉抗議

2

封鎖期間，人類躲進家的牢籠
鳥獸走出叢林，高速公路上散步

牠們試圖走進城市，撿拾剩餘價值
當瞳孔映照人們陽台上演的雜劇
牠們歪頭凝視，懷疑這是否是一場陷阱？

來來回回，飛馳而過的救護車
將牠們趕進公園，牠們議論紛紛
貓頭鷹最先探到了消息
原來人類被蝙蝠的唾液傷到
蝙蝠群起抗議說不是我們，不是，不是
牠們一起高歌，像是回到洪荒時代

3

口罩堵住了水溝，一場暴雨洗劫城市
有誰理解海豚的眼淚？
有誰知道人類的護身符正在牠的胃裡

4

病毒來了
人們都躲進自己的防空洞
口罩是盾牌，消毒藥水是戟
卻不知道敵人到底在哪裡？

聰明的敵人不斷演化變形
在人們疲於全副武裝時悄悄攻入
無症狀偽裝，一次次完成它的世界旅行

我總是托腮望著窗外群聚的麻雀
封城中，牠比我具備更多特權
散步運動是允許的，遛狗是允許的
但見兒童遊戲區被繩索封條圍住
輪流被遛的狗已經筋疲力盡

一股悵然。此時只有松鼠可以溜滑梯

回到孤城，新聞響著焚化爐的狼哮聲
多少無法擁抱的親情，在隔離中落淚
最後一面已是奢侈，他的手心僅剩一甕骨灰
葬禮與婚禮，也都在視訊中模糊了

疫苗帶來唯一的曙光，人們且疑且打
終於在確診與死亡率緩降的曲線找到希望
只是一再變種的病毒，又會偽裝成什麼呢？
再次驚醒，當無害的蝴蝶變成黑夜的蝙蝠

它說：「人類，我還會再回來的，你等著。」

二〇二一年五月二十五日作
二〇二一年十二月發表於創世紀詩刊第二〇九期

最後一面

最後一面是去年秋天
您撐著走出臥室
我緊握您的手說：我還會回來
您只說：孩子，以後要多保重

我記得您六十三歲的樣子
銀髮矍爍。我們第一次回國
您開車載我們遊中台灣
經過火炎山，您說台灣多美

第二次回國，您領我搭剛完成的捷運
穿梭台北大小街道，健步如飛

三〇七公車上被讓座，您不服氣
邀我遊漁人碼頭，您說台灣多好

知道我們終究會植根異國
第三次回國，您替我賣掉大樓
您說無論如何都支持我們
每個周末雲端視訊，您談笑依然

第四次回國，您拉我爬金瓜石
背影有些彎了，依舊衝在前頭
望海時，您想起許多彩色的夢
為了家庭放棄，卻囑咐我圓夢

第五次回國，您將我的詩集炫耀
您在客廳拉胡琴，我拍手聆聽

那台您親手組裝的音響是我的嫁妝
沒有運出國，成為您的絕響

第六次回國，與您共進禪室
七月濕熱的黃昏，站牌下等公車
忽然驚覺故鄉有您和母親才叫故鄉
第七次回國已是去年秋天

最後一面是去年秋天
憑什麼我以為您還會開門迎我
電鈕按下，化作裊裊青煙
您的最後一個夏日，落葉也紛飛

紛飛的冥紙，蒼茫的暮色中落定
您的一生雖寫下句號
卻在我心中種了綿延不絕的詩句

夢中與您踏遍一起笑過的土地

二〇一七年十月六日再稿
二〇二〇年十一月發表於台客詩刊第二十二期

後記：父親於二〇一七年七月三日凌晨二點五十六分（台北時間）仙逝，深感慟之。此詩初稿於奔喪途中的飛機上。於此落葉紛飛之際，念及父恩，不勝唏噓……。

帶您回故鄉

那一灣河流，我看見了
發光的泡沫，已經為您綻放
許多玩伴也在等著您一起抓魚
讓我帶您回故鄉的溪流

讓我為您帶路，您要跟好喔
他們說我拄著香，不可以回頭
過馬路時，我大聲喊著：
爸爸，過馬路囉，要注意車子
我好怕香會滅了，所以我不哭
我要全神貫注護著這點餘溫

蟬聲吹落我跟前
我聽見您說過的那條小溪

也許您少年時埋的鵝卵石還在
也許有棵樹刻著您的名字
讓我也到那裡看您濰足嬉戲
看您的鞋印如何地躲過祖母

尋常一樣的夏天不尋常的日子
他們將您卸下送進火爐拉下閘門
我們跪別喊著：
火來了，火來了，爸爸快跑

爸爸快跑，是的，火焰裡重生
您已經跨過這個山頭，抵達溪畔

我本要帶您回故鄉的溪流
可是您咻的一聲就先到了

不必再砍下害我便祕的芭樂樹
不必再填滿險些溺我的水井
不要玩太久喔，祖父母在塚裡
等您，今晨您話別過我的窗前

二〇一八年五月二十八日作
二〇一八年六月二十七日發表於世界日報副刊

父親的工作室

爬滿灰塵的零件，待修的電器
那些纏繞的銅線，滿滿地宣告存在
陽光大辣辣地奪窗而來
父親走後的第一個夏季

蜉蝣光裡游，游進父親修好的那台電扇
電扇旋來南風，旋來了隨父親採辦商貨
的往事，歷歷
他的野狼機車載著我和弟弟星夜馳騁

電扇吹著，彷彿他仍坐在那張椅上
椅上塌陷的地方是光陰的鬼臉

他的愛，密密的縫在上面
給了我們成長無虞的飯香、讀書香

而我們就一直站在他的肩膀上長大
每次經過工作室，從沒有留心那兒
越來越幽暗，燈泡燒了也不曾換新
粗嘎的午後，忽然降雨，勢不可擋

工作桌的角落斜躺著一幅木框
框裡鑲著他的甲級電子技師執照
和他的每個孫兒孫女的幼年照
什麼時候開始，他只能這樣靜靜思念

現在我們必須撿起散落的螺帽和起子
現在我們必須收拾起他的焊槍和焊錫
就讓他的遺照繼續坐在他最愛的角落

仍然靜靜聽著我們打回來的國際電話
雨還在下著，電扇還在轉著，他的愛
日落以後，化作窗邊彩霞
暖暖曬進母親的臥室
他的笑，每一日都開在我們的夢裡

二〇一八年六月二日作
二〇一八年八月八日發表於中華日報副刊

空帳號

父親走的時候，我不在他身邊
父親走的前一天，我打了國際電話
他在母親身旁低聲問孫兒呢
我跟傳話的母親說，他在外頭打包呢
那天我們正要出門露營去
那天，營區的星星燦爛如火
我們都不知道，有一顆將要隕逝

父親走的前一星期，他堅持不再睡臥房
他固執又無由的要睡在客廳的椅子上
我們不知道那是他懷念人世的訊號
我們擔心他病情加重，擔心他睡不好

因為擔心，我們都對沮喪的他發牛脾氣
父親走了以後，網路留下一個空帳號
有時我還會去按按……
不知道他在天堂會不會接到？

二〇二〇年六月二十四日作
二〇二〇年十月發表於香港《流派》詩刊第十七期雙語版

父親走了以後

——為父親逝世三周年而作

父親走了以後，我經常夢見他

夢見他告訴我他轉世的地方
夢見他年輕的時候，他正刨著一張長椅
夢見我們躺在祖父做的大床上聊天
夢見他走上一座橋，他似乎正在趕路
夢見我和他一起在傳統市場逛街
夢見他在雜貨店給我的兒子買糖吃
夢後我打開地圖，找他指的轉世的地方

可是那一小小點，卻是一個宇宙
更糟糕的是，他沒有給我地址
夢裡他刨著長椅，如此專注而不理會我
那張大床上，我和弟妹五人和他一起賴床
他在橋上，我心裡喊他千萬遍
他沒有回頭，他不能回頭，他追著一道光
他的背影仍然是多年前拉著我爬九份時的健碩

那天，其他人忙著，沒有事先安排
我突然可以單獨先護送大體回他的故鄉
一定是他給我的專利，讓住在國外的我
能好好再陪他一段，能好好的向他告別
父親走了以後，我試著替他寫回憶錄
才發覺，一向寡言的他沒留下太多線索
除了那條充滿魚蝦的小溪流
除了他與祖父母一生的愛與糾纏

這些夢不會結束，它會不斷衍生
因為愛無止境，因為他已經長生不老

二〇二〇年六月二十四日
二〇二〇年十一月發表於台客詩刊第二十二期

後記

這是我的第五本詩集。書名為《昨日之蛹》，因為每一首詩皆是昨日之蛹，出版之日，便是化蝶之時。第一首〈自白〉，初稿於十六歲，有日從舊稿堆中發現了它，原來那時的我，竟已選擇了這條孤獨的路！直至今天，幾近四十年之後，我依舊喜歡讀詩寫詩，把詩當作生命中的伴侶和知音。慶幸有些朋友喜歡我的詩，使這條荒徑，增添了不少色彩。

台灣詩人、詩社很多，我身在海外，本來都無緣參與和結識，還好透過伊媚兒送稿，穿越臉書、部落格，仍能結識一些性情相近的朋友，縮短了我與台灣的距離，使得這條路還有出口。謝謝幾家報刊載我的詩，讓我仍有伸展的舞台。

這七十八首詩，除了壓軸送別父親的五首外，我仍然依照過去習慣，根據寫作時間的順序予以編輯，每首詩末亦標上寫作和發表的時間及刊載處，如此翻閱起來就像是讀日記一樣。我喜歡用這種方法複習逝去的時光。這個世界儘管存在著衝突與醜惡，但無法掩蓋這世界的美。我始終幸運的生活在美的地方，因而「美」刺激了我，使我不得不創作，否則就辜負大自然的餽贈。多年來加拿大優美的環境，如同當年居住的淡水河一樣，不斷地提供我寫作泉源。我生活在美中，不斷寫著詩，追問真與善，第一首〈自白〉已經把該說的都說完了。而儘管這個詩江湖充滿光怪陸離，前衛不已的詩，我依然盡所能地遵循詩的五美，即聲律美、意境美、結構美、語言美和思想美為鵠的，織就每一首詩，終身傾力耕耘。

最後將此詩集獻給因肺纖維化離世的父親，卷末五首懷父之作，更是出版此書的最大原動力。父恩難忘，唯有詩千行以祭之，唯有以詩為香，裊裊不絕句。

二〇二〇年六月二十七日初稿

二〇二一年十一月三十日完稿於加拿大安大略省Richmond Hill

讀詩人152　PG2733

昨日之蛹

作　　者　傅詩予
責任編輯　石書豪
圖文排版　黃莉珊
封面設計　劉肇昇

出版策劃　釀出版
製作發行　秀威資訊科技股份有限公司
114 台北市內湖區瑞光路76巷65號1樓
電話：+886-2-2796-3638　傳真：+886-2-2796-1377
服務信箱：service@showwe.com.tw
http://www.showwe.com.tw
郵政劃撥　19563868　戶名：秀威資訊科技股份有限公司
展售門市　國家書店【松江門市】
104 台北市中山區松江路209號1樓
電話：+886-2-2518-0207　傳真：+886-2-2518-0778
網路訂購　秀威網路書店：https://store.showwe.tw
國家網路書店：https://www.govbooks.com.tw
法律顧問　毛國樑　律師
總 經 銷　聯合發行股份有限公司
231新北市新店區寶橋路235巷6弄6號4F
電話：+886-2-2917-8022　傳真：+886-2-2915-6275

出版日期　2022年4月　BOD一版
定　　價　260元

Printed in Taiwan

讀者回函卡

國家圖書館出版品預行編目

昨日之蛹 / 傅詩予著. -- 一版. -- 臺北市：釀
出版, 2022.04
面； 公分. -- (讀詩人 ; 152)
BOD版
ISBN 978-986-445-641-3(平裝)

863.51 111003317